EDÉNIE

AUTRES ŒUVRES JOUÉES

DE

CAMILLE LEMONNIER

Un Mâle.

Le Mort, drame et pantomime.

Les Yeux qui ont vu.

Le Droit au Bonheur.

CAMILLE LEMONNIER

EDÉNIE

TRAGÉDIE LYRIQUE

EN 4 ACTES

MUSIQUE DE LÉON DU BOIS

BRUXELLES

OSCAR LAMBERTY, ÉDITEUR

70, rue Veydt (Quartier Louise)

PERSONNAGES

BARBA
RUPERT
SYLVAN
EUMÉE
L'ANNONCIATEUR
FLORIE
HYLETTE
ELÉE

Les Pauvres, le Chef des Moissonneurs, Moissonneurs et Moissonneuses, Serviteurs.

Dans l'Ile d'Edénie, à une époque indéterminée.

PREMIER ACTE

Salle dans la demeure de Barba, simple et nue, lambrissée à hauteur d'appui. Au mur de gauche, l'âtre, profond, sous le haut manteau de la cheminée.

Dans l'axe, au fond, large porche à double ventail ouvert par lequel, dans la fin magnifique d'un bel après-midi d'été, on aperçoit se dérouler un tranquille et riant paysage de plaine légèrement ondulée et coupée par une rivière à l'horizon. A droite, en pan coupé, une porte et une fenêtre carrée, sans rideau, ouvrant sur l'île.

A gauche, une rampe d'escalier s'appuie au mur du fond et mène à un palier sur lequel s'ouvre la porte de la tour.

Un serviteur achève de préparer pour le repas du soir la table oblongue, recouverte d'une nappe à carreaux blancs et rouges. Autour, escabeaux en bois de chêne. Au haut bout le siège à haut dossier de Barba. Une trompe de chasse est pendue au manteau de la cheminée.

Barba, debout dans l'embrasure du porche, s'épaule au mur. Sa puissante silhouette se dessine sur la beauté heureuse du soir. Sensation de paix, de joie, de confiance dans une grande maison rurale.

BARBA, *comme en rêve.*

Un soir nouveau descend sur Edénie.
En vagues de vie, en ondes de senteurs florales
roule le fleuve apaisé des sèves nourricières.
O nuit, nuit aromale et fraîche,
endors le troupeau accablé des feux du jour.
Je suis, moi, le pasteur d'âmes
qui veille sur ses jeunes ouailles.
J'ai fait de cette île un jardin d'innocence
où fleurit une vierge et religieuse humanité.
J'ai marié aux aurores, aux saisons
la chair ingénue et fraternelle.
Race des Barba, ferment détesté
d'un sang fumeux et trouble,
Toi Hiéronyme, l'Attila de la famille,
Toi, Urbain, l'incendiaire,
Toi, César Hugues, le parricide,
fumier pourri remonté au cœur de Rupert
et de sa triste sœur, l'incestueuse Cordalie,
Effacez-vous !
Ici recommence l'âge d'enfance.
Ici un Dieu règne, très grand,

fait de tous les dieux heureux !
La mort et les furies se sont arrêtées
Aux portes de cette demeure.

(On entend les sons d'un pipeau et des cris joyeux, à mesure plus proches.)

EUMÉE, *apparaissant à la porte du fond.*

Maître, ô maître !
Six pauvres s'acheminent par les avenues :
Peut-être ils arrivent des confins du monde.
C'est la coutume qu'ils prennent place à cette table.
J'attends tes ordres.

BARBA, *sans prendre attention, perdu dans sa rêverie.*

Sylvan, petit faune agile des bois,
Et vous, Florie, Hylette, Elée,
Légendes vivantes qui dansez au clair de lune,
Vous avez grandi parmi les troupeaux,
les arbres et les fontaines, essences joyeuses et libres,
ignorantes du mal.

EUMÉE.

Maître...

BARBA.

Tu étais donc là, fidèle ami,
tandis que, vieillard un peu éperdu,
je parlais sous les premières étoiles.

EUMÉE, *montrant les six pauvres qui arrivent.*

Vois, c'est en leur nom que je troublai ta rêverie.

BARBA.

Soyez les bienvenus, pèlerins éternels,
Fils de la tribu nomade, en marche
depuis les matins de la vie.

(Un à un ils passent devant lui, frappant à terre leurs bâtons et s'inclinant. Un d'eux, au visage triste et solennel, retient un instant l'attention de Barba.

Les sons du pipeau se sont encore rapprochés. On voit apparaître Sylvan et ses sœurs. Tous quatre s'avancent sur un mode dansant, lui les précédant en jouant, elles les bras nus entrelacés et remuant leurs têtes d'une épaule à l'autre. Leurs tuniques blanches flottent autour d'elles. Sylvan porte une courte blouse serrée à la ceinture et échancrée à la naissance des bras également nus. Sandales fixées par des bandelettes aux jambes.)

FLORIE.

Notre jeune âme rit et vibre
au souffle léger du pipeau.

HYLETTE.

Comme le cri du grillon, il montait de la terre
et frémissait au cœur des chênes,
tandis que nous ondulions sur la rivière
comme de longs poissons d'or.

ELÉE.

Nos mains par-dessus l'eau
remuaient un brouillard d'argent.

FLORIE.

Nous étions comme les sœurs des Pléiades
au fond du vertigineux éther.

HYLETTE, ELÉE, FLORIE *(voix alternées)*.

Père, vois, nous t'entourons
comme de petites chèvres mutines.
Caresse nos nuques humides.

(Elles se pressent contre Barba.)

BARBA, *souriant.*

Eden ! de qui je fis Edénie !

UN DES PAUVRES.

Les neiges ruissellent de ses tempes
comme un été dans les Alpes
reverdit sous les glaciers étincelants.

DEUXIÈME PAUVRE.

Quand le vieillard lève la main,
cette main couvre toute l'île !

(Eumée a allumé les flambeaux.

Barba s'est avancé vers la table. A sa droite, il a Florie, l'aînée, à sa gauche Hylette, la seconde. Elée s'est placée de l'autre côté de la table près de Sylvan. Tous cinq un instant demeurent debout. Eumée apporte des corbeilles de pains et les dépose devant Barba.)

BARBA, *debout.*

Je prends ce pain qui est la joie
et qui est la sueur des hommes.
Je le romps, afin qu'il soit entre vous tous
des parts égales de l'âme de la terre.
Mangez et réjouissez-vous :
tout acte est religieux
selon le sens qui le régit.

(Tous s'asseyent et les six pauvres à leur tour prennent place à la table. Eumée passe le pain et les fruits. Personne ne parle d'abord : la scène s'accorde à l'idée d'un sacrifice religieux, selon que l'a dit Barba.)

BARBA, *s'adressant au pauvre dont le visage l'a frappé.*

Tes traits, ô vieillard, sont scellés
et pourtant on y lit une destinée.
Dis-nous, si ce n'est un secret,
Quelle fortune te poussa vers cette île?

L'ANNONCIATEUR.

Je suis celui qui n'a pas de nom :
J'arrive des confins du monde.
Je ne sais plus quels furent les pays
Où pour la première fois
Je connus le malheur d'être un homme.
Je marchais sans trêve : le rêve d'une patrie fraternelle
Tendait mon front vers les horizons
Toujours plus loin.
Vain espoir !
Quand j'arrivais, les portes se fermaient.
On riait si je demandais du travail.
On déchaînait les chiens si je réclamais du pain.
J'eus faim : je pris ce qui m'était refusé.
La foule me lapida : je fus livré aux geôliers.
Mon crime expié,
je repris le bâton des sans-patrie.
Je n'avais ni haine ni rancune.
Partout les hommes étaient malheureux,
L'âme ulcérée de maux infinis.
Je les plaignis, moi qui n'avais pas pleuré sur moi-même.
En vérité, je vous le dis, un jour viendra

où l'humanité sera régénérée
par l'amour et la pitié.
Vous le voyez, ô maître de cette île,
mon histoire est celle de bien d'autres
Le soir tombait quand par la campagne
j'ai rencontré ces frères misérables.
Ils m'ont dit qu'Eden avait refleuri dans cette île
et je vois, en effet, autour de moi des visages heureux.

BARBA.

O notre hôte respecté,
Nous honorons en toi une destinée douloureuse
et qui n'est point encore accomplie.
Souffre que nous t'appelions l'Annonciateur.

L'ANNONCIATEUR.

Sois remercié pour cette parole
Elle s'accorde à l'heure grave et belle
qu'un cortège d'étoiles, par les pentes du ciel
entraîne vers les gouffres
où peut-être demain se lèvera le jour libérateur.

BARBA, *après avoir incliné la tête, se tournant vers les siens.*

Vous, maintenant, dites, enfants, à quels travaux
pour chacun de vous elle mit fin.
Toi, l'aînée, fleur de mon hiver, ma Florie,
Commence.
Qu'as-tu fait en ce jour?

FLORIE.

Père, les bras nus, j'ai pétri le pain vermeil.
J'étais là quand les flammes ont jailli du four.

BARBA.

Bon ! fille. A ton tour parle, toi,
blonde comme les seigles, chère Hylette.

HYLETTE.

J'étais avec les servantes
qui battaient le linge à la rivière.

Au vent du matin
séchaient les draps blancs sur les prés.

BARBA.

Tout est bien. Et toi, Elée, mon raisin noir,
parle avec franchise, qu'as-tu fait?

ELÉE.

Père j'ai couru dans l'île :
une voix toujours criait au loin.

BARBA.

Folle ! n'était-ce pas la voix de l'ardent Sylvan
que te renvoyait l'écho des bois?

ELÉE.

Elle gémissait comme quand passe
le vent d'orage dans les arbres.

BARBA.

Rêve ! Rêve !

ELÉE.

Je t'assure, père, il me semblait
qu'elle m'appelait par mon nom.

BARBA.

Chimère ! te dis-je. Nuée montée
de ta petite âme fabuleuse !
Quelle autre voix que la nôtre
jamais, en bonds joyeux,
te fit accourir parmi les chemins !

ELÉE.

C'était une voix comme nul n'en entendit.
J'avais grand peur et à la fois j'étais charmée.

HYLETTE.

Aucun de nous n'était là.
Nous ne pourrions dire quel son avait la voix.

ELÉE.

Elée entend des choses que vous autres
n'entendez pas toujours.

BARBA.

Maintenant, cher fils, je m'adresse à toi
comme au jeune chef de ma tribu.
Quels travaux signalèrent ta vaillance?

SYLVAN.

Père, le taureau ce matin s'était déchaîné;
je me pendis à ses cornes.
Ensemble nous volions par les cours.
J'avais les dents serrées.
Si j'avais crié, on eût dit que c'était de peur.
Enfin les varlets arrivèrent;
on lui mit des entraves.
Je maîtrisai aussi le bel étalon qui s'appelle Héraut.
Pour la première fois je le sentis frémir sous moi.
Je visitai les moissonneurs.
Tout un champ déjà était tombé sous la faucille.
A mon tour, je m'armai de l'acier recourbé :
à chaque coup la tenant à poignées,
j'abattais la toison rouge des étés.
La forêt des épis à mesure recula.
Et voici : quand vint le soir,

dansant et jouant du pipeau, je rentrai le troupeau ami.
Et puis nous revînmes vers ces demeures.
O père, je n'ai point autre chose à te dire.

BARBA.

Fils, sois loué : ta journée fut un jour de vie.
Or, voici le temps venu des choses viriles.
Le pipeau est un bruit trop léger
pour ton âge de jeune homme.
Il rythme la danse, il accompagne la grâce et les ris.
Un cœur fort se complaît à de plus rudes musiques.
Approche, Sylvan : par ce don de l'emblème héroïque
je veux te dédier à la destinée.

(Il fait un signe à Eumée qui détache du mur la trompe et la lui apporte. Sylvan s'est approché et reste debout.)

Reçois donc cette trompe.
Moi-même longtemps je l'embouchai :
à sa clameur rauque et dure
accouraient les hommes de cette île,
laboureurs, bergers et varlets.

De cîme en cîme jusqu'aux limites
roulaient ses ondes immenses.

(Barba, debout aussi, passe au cou de Sylvan la cordelière de la trompe.)

Qu'elle soit pour toi le symbole de la force et de la foi!
Sonne à travers ton âme libre dans les horizons d'Edénie.
Je te donne aussi le bel étalon Héraut,
toi qui le méritas par ta valeur.

(Sylvan regarde la trompe avec fierté, surprise et modestie.)

FLORIE.

Déjà notre frère a l'air d'un héros.

HYLETTE.

Sa tête, fièrement levée, semble interroger les destins,
nous ne le reconnaissons plus.

ÉLÉE.

Sylvan ! Sylvan ! redeviens le Sylvan que nous aimons.

(Elle se lève, marche vers lui et soulève la trompe dans ses mains.)

O que c'est lourd !
Pourras-tu seulement la porter jusqu'à ta bouche?

HYLETTE *(se levant et arrivant aussi).*

Mais puisque c'est un héros !
La nourrice autrefois nous conta les exploits
d'un héros qui s'appelait Hercule :
il tuait des monstres : tout fuyait éperdu
quand il sonnait de la trompe.

(Elle prend la trompe et la laisse retomber.)

J'aime mieux le rouet de la princesse
qui fut Omphale.

FLORIE.

Cette histoire est très vieille;
personne n'en parle plus.
D'ailleurs, tous les monstres sont morts.

SYLVAN, *fièrement.*

Je les réveillerai en sonnant de cette trompe.
Vois comme je fais, Florie.
Je la tiens dans mon poing comme cela :
l'ouragan même ne me l'arracherait pas.
Écoute !

(Il embouche la trompe qui rend un son discors. Les sœurs rient.)

BARBA.

Va ! Va ! il n'est si bon sonneur
qui n'ait commencé comme toi.

HYLETTE.

Tes joues s'enflaient comme des pommes à la branche.

FLORIE.

Tu n'aurais pas soufflé plus fort
si tu avais embouché l'ouragan.

ELÉE.

Méchantes ! D'un geste magnifique
Sylvan brandissait la trompe sous les flambeaux.

SYLVAN.

Petite Elée, je te prendrai en croupe sur Héraut.
Par la plaine et les ravins, un vertige nous précipitera
dans l'horreur exquise des vents.
Et moi, je brandirai la trompe furieuse et rouge.
Ah ! comme je te sens, ma sœur,
toi qui eus confiance en Sylvan !

LES PAUVRES.

A peine, sa dent a mordu la corne,
un vin glorieux déjà le grise.
Un jeune héros se reconnaît à ce signe.

ELÉE.

Ah ! Sylvan, sens mon cœur vibrer
comme le cœur des chênes.

LES SERVITEURS.

Force et joie à toi, Sylvan,
ô jeune maître.

ELÉE.

Sur ton cheval ardent, nous irons rapides comme [l'autan.
Dans un tourbillon de feuilles et de pierres,
plus loin, plus haut, nous bondirons, nous retomberons
comme d'un ciel, nos chevelures et nos âmes confon- [dues !
O Sylvan !

SYLVAN.

Chère Elée, je t'emporterai jusqu'aux cîmes !

(A Florie et Hylette, dont il se moque à son tour.)

D'un pied léger à la course, vous nous suivrez
dans le vol de vos tuniques.
Cela vous apprendra à narguer.

FLORIE.

Père, nous recourons à toi de peur qu'il nous délaisse
pour cette petite Elée.

BARBA.

Votre querelle fait le bruit du soir dans les roses.
Je suis, moi, le vieil arbre qui d'en haut
croit entendre une rumeur de caresses
et de baisers. Je ne dirai rien.

L'ANNONCIATEUR *(se levant)*.

O roi, tu nous as comblés de bienfaits.
Nous avons bu et mangé les miels
et les sucs récoltés dans cette île.
Permets qu'à présent nous gagnions la couche
que nous ménage ton hospitalité généreuse.
Demain nous reprendrons les chemins
par lesquels nous mène notre destin inconnu.

BARBA.

Bonne nuit, mes hôtes nomades,
Que le sommeil vous soit bienfaisant !

LES PAUVRES.

Nous nous courbons avec reconnaissance
sous ta grande main, ô maître d'Edénie !

(Barba s'est avancé jusqu'au seuil et reçoit le salut

incliné des pauvres. Sylvan, Florie, Hylette, Elée sont près de lui.)

BARBA, *à Eumée.*

Guide-les, serviteur loyal et sûr.

(Eumée sort et les conduit. La nuit est tout à fait tombée, mais un ciel clair la rend transparente.)

BARBA, *rêvant, un peu à l'écart.*

Sous quelles étoiles s'endormiront-ils demain?
Quels astres, sur leurs paupières mourantes,
verseront les suprêmes clartés, avant-courrières du jour
qui ne doit point finir?

ELÉE, *se rejetant vers ses sœurs.*

Mes sœurs, un pas lourd
a fait gémir la terre : quelqu'un s'est élancé
du fond des ombres.

FLORIE.

Que dit-elle?

RUPERT, *se jetant parmi elles.*

Laquelle de vous, ô jeunes filles, s'appelle...

(Au cri des trois jeunes filles, Barba s'est avancé avant que Rupert ait pu dire le nom.)

BARBA.

Qu'est-il arrivé?

(Florie lui montre l'étranger.)

BARBA, *s'avançant vers lui.*

Qui es-tu, toi qui rôdes à cette heure dans l'île
comme un esprit malfaisant?

(Rupert fait un pas et lève sa capuche de manière à n'être aperçu que de Barba.)

BARBA.

Rupert ! *(Soufflant sur les flambeaux.)*
Personne ici ne doit voir ton visage:

ELÉE.

J'ai cru entendre la voix qui tout ce jour
gémissait dans l'île.

BARBA, *à Sylvan et ses sœurs.*

Que demeurez-vous là,
Enfants désobéissantes? Redoutez ma colère.

FLORIE.

Père, comment t'aurions-nous désobéi?
Tu parlais à cet étranger.

BARBA, *radouci.*

Un hôte ici veut être entendu sans témoins :
le malheur l'a mené vers cette maison.
C'est pourquoi, je vous dis, remontez à la tour
et vous enfermez dans vos chambres.

FLORIE, HYLETTE, ELÉE, SYLVAN.

Bénis-nous, ô père, comme chaque soir,
Et puis il en sera fait selon ta volonté.

(Tous quatre se courbent sous la main de Barba et lentement montent l'escalier.)

ELÉE, *du palier.*

O Sylvan, il se passe ici quelque chose
de terrible et que nous ne pouvons savoir.

(La porte se referme sur eux.)

BARBA *(il revient vers Rupert).*

Je t'écoute, sois bref.

(Tous deux se mesurent un instant des yeux.)

RUPERT.

Quinze ans, mon frère ! Voilà quinze ans
Que, soumis à l'exil exigé par toi,

j'ai vu pour la dernière fois le visage de mon enfant.
J'avais compté sur le don d'oubli :
ni le temps ni l'espace n'ont rien fait.
J'avais une fille qu'il m'était interdit
d'appeler du nom filial, que tu lui donnais toi-même.
Est-il un sujet de douleur
qui viole plus affreusement les lois de la nature?

BARBA.

Tu les violas bien plus,
Toi qui profanas l'amour.

RUPERT.

Songe que nous étions alors,
moi et celle que je cessai d'appeler ma sœur,
deux jeunes êtres sauvages,
tourmentés par l'âge et la race.
Le mal, avant d'être en nous, avait déjà rongé
Les profondeurs lointaines de la famille.

(La porte de la tour s'est lentement entr'ouverte. Sylvan se penche sur la nuit de l'escalier et écoute.)

BARBA.

C'est pourquoi, par ma volonté,
je libérai les miens et l'enfant impure
du malheur d'en être issus.
Qu'exiges-tu de plus,
toi qui oses évoquer le nom sacré de père?

RUPERT.

L'enfant impure, ô douleur ! *(Un silence.)*
En t'exécrant, je suis contraint de te rendre grâces
[encore,
toi, qui pour la soustraire à son injurieux destin,
l'arrachas toute vive de mon cœur.

BARBA.

Ce fut le pacte !

RUPERT.

Ce fut l'imposture !

BARBA.

Tu fis le serment de lui rester ignoré à jamais.

RUPERT.

Il me fut arraché par la force.
Mais aucun serment tient-il contre les puissances de la [nature?
O frère, mon aîné et mon maître,
ma poitrine, en cette nuit d'angoisse et de remords,
cherche les battements de la tienne.
Ne m'accable pas plus longtemps d'une colère
que mes douleurs ont cessé de mériter.
La triste Cordalie est morte
et moi-même, par une vie errante et torturée,
expiai l'ancienne humanité de péché et de folie
que m'avait léguée la chair horrible des ancêtres.

BARBA.

J'ai détourné le cours fangeux de l'hérédité.
N'espère point détruire mon œuvre en faisant rentrer [ici le passé.

RUPERT.

Oh ! oh ! oh !
Vois, j'élève les mains vers ta clémence.
Quinze ans ont pacifié ma force élémentaire et brute.
J'étais l'esclave enchaîné des fatalités de la race.
Romps à mon épaule le dernier chaînon
en me rendant...

BARBA, *d'un geste au large.*

La barque est attachée à la rive... Va.

RUPERT.

Vieillard implacable qui m'as volé mon bien,
écoute du moins le cri de ma haine
si tu ne veux entendre ce cri de ma douleur.
Un jour arrivera où je briserai les seuils,
où je disperserai les gardiens,
où malgré toi j'emporterai par les mers inconnues
celle qui m'appartient.

BARBA.

Adieu !

(Sylvan, petite ombre dans la nuit, lève les bras au ciel et se rejette dans la tour. Rupert, après un geste menaçant, s'enfonce dans l'île éclairée par la lune. Barba le regarde partir, immobile jusqu'au baisser du rideau.)

DEUXIÈME ACTE

Une vaste prairie se déroule, terminée au fond par la plaine blonde, celle-ci coupée d'un large chemin par lequel tout à l'heure arriveront les chars de la moisson.

Vers la droite, dans l'éloignement, on aperçoit en pan coupé la demeure de Barba.

Au second plan, à gauche, un hêtre touffu aux longues branches tombantes sous lesquelles Sylvan est couché.

Crépuscule matinal. Florie, Hylette et Elée se tenant par la main, en tunique légère, arrivent du fond vers la droite.

Ni Sylvan, ni ses sœurs ne se voient d'abord.

SYLVAN.

O Florie ! Hylette !
Petite Elée ! Laquelle des trois ?
O douleur !
Les aimer toutes les trois

et ne savoir laquelle il faut haïr !
L'enfant impure !
Que voulait dire mon père?

FLORIE.

Tous les oiseaux chantent
le divin jour naissant.
L'âme de la terre rit
dans le matin léger.
Aux prés meuglent les taures heureuses.
Et nous cherchons vainement Sylvan
pour moduler ensemble le cantique.

HYLETTE.

Pourquoi, Sylvan, manquer à la loi sacrée d'Edénie?

(Sylvan, cette fois, les a entendues; il baisse la tête comme s'il se sentait en faute. Elles s'arrêtent et se prennent par les mains, le visage tourné du côté du soleil.)

FLORIE, HYLETTE, ELÉE, *d'un élan religieux.*

O Forces, ô Dieux !
Feux divins !

Terre maternelle !
Nous vous magnifions !
Une éternité
en ce jour nouveau renaît.
Salut à la vie !
Salut à toi, Soleil !

LES TROIS SŒURS, *appelant, sans voir Sylvan.*

Sylvan !

FLORIE, *même jeu.*

Sylvan !

SYLVAN, *toujours caché.*

O Florie ! ta voix est onctueuse
comme le jeu des mûres
ce n'est pas toi.

HYLETTE, *même jeu.*

Sylvan ! notre frère !

SYLVAN.

Hylette ! ta voix est ingénue et claire
comme le matin dans le ciel bleu.

ELÉE.

Sylvan ! n'es-tu point là?
Tous les oiseaux chantent
leurs joyeuses chansons.

SYLVAN.

Mon cœur, à ton appel, Elée,
n'a pas frémi.
Laquelle, ô laquelle est moins
ma sœur que les autres?
Leurs voix ont glissé sur moi
comme la lune sur un étang.
Aucune ne m'a troublé.

ELÉE.

Sylvan !

HYLETTE.

Sylvan !

FLORIE.

Sylvan !

LES TROIS SŒURS.

Ah ! reviens-nous !

SYLVAN, *se relevant.*

Mon cœur par l'espace
vole vers elles et les rejoint.

FLORIE, *l'apercevant.*

Sylvan ! méchant Sylvan !
Cette fois je t'ai vu.

SYLVAN.

O Florie !

HYLETTE, *arrivant à son tour.*

Va ! tu ne peux nous échapper !

ELÉE, *accourant aussi.*

Sylvan ! Sylvan !
Pourquoi nous fuyais-tu?

Nous gémissions :
tu ne nous répondais pas.

FLORIE.

Nous pleurions sur toi,
Nous pleurions bien plus sur nous.

SYLVAN, *se dressant devant elles, sa trompe à la main.*

Fuyez, fuyez, je ne suis plus
pour vous Sylvan !

ELÉE.

Qu'as-tu dit?

HYLETTE.

Qu'as-tu dit?

FLORIE ET HYLETTE.

Sylvan, reviens à toi !

ELÉE.

Les larmes nous ont-elles à ce point changées
que tu ne reconnaisses plus tes sœurs?

FLORIE.

Que t'avons-nous fait, ami?

HYLETTE.

Reviens-nous, Sylvan.

LES TROIS SŒURS, *l'entourant de leurs bras.*

Nous t'en conjurons, vois : sans toi
il n'est plus de jeux.

SYLVAN, *leur échappant.*

Aucune de vous n'est plus ma sœur
si seulement il en est une des trois
qui doit cesser de l'être.

FLORIE.

Quel taon furieux affole tes sens
pour que tu t'arraches ainsi
à la liane de nos bras, méchant?

FLORIE, *à Hylette et à Elée.*

Sûrement, il extravague.

SYLVAN.

O mes sœurs, mes sœurs,
prenez en pitié ma peine.
Ah ! si vous saviez !

ELÉE.

Dis-nous au moins la raison !

SYLVAN.

Ah ! comment pourrais-je
puisque je l'ignore moi-même.

FLORIE, *moqueuse.*

Tu te lamentais donc
pour une chose que tu ne connais point?
Va, Sylvan le fol, reprends ton pipeau,
toi, dont l'âme héroïque
est encore dans les langes.

HYLETTE, *moqueuse aussi.*

Sylvan n'est plus notre frère
et nous n'avons pas cessé d'être ses sœurs.

ELÉE, *grave et pensive.*

Je vous assure la faute en est
à l'étranger qu'un sort funeste
amena dans la maison.

FLORIE.

L'inconnu dans la nuit
avait des yeux tristes et lourds
comme une nuée d'orage...

HYLETTE.

Sa bouche m'entrait dans les joues
et il m'a fait mal.

ELÉE.

Moi j'ai senti un souffle très doux
tandis qu'il me parlait.

HYLETTE.

Que se passa-t-il tandis que
nous étions dans la tour?
Personne jamais ne le saura.

SYLVAN.

Quelqu'un le sait cependant.

ELÉE.

Quelqu'un, dis-tu?

SYLVAN.

Oui.

HYLETTE.

Son nom?

SYLVAN.

Dans une clameur je le jette au vent :
Comprenne qui pourra!

(Il embouche sa trompe.)

ELÉE.

Enfin nous avons retrouvé
notre frère Sylvan.

SYLVAN.

Sylvan qui vous déteste
Et maudit l'étranger *(il fuit)*.

(Les trois sœurs se précipitent sur les pas de Sylvan; celui-ci disparaît; elles restent angoissées.)

LES TROIS SŒURS.

Qu'a voulu dire notre frère?

FLORIE.

Maintenant nous n'en pouvons plus douter :
cet homme inconnu
a fait entrer le malheur dans cette île.

(Barba apparaît dans le fond; il s'avance à pas lents, la tête penchée, le visage soucieux.)

HYLETTE.

Notre père vient là.

ELÉE.

Un pli creuse ses sourcils.

BARBA.

O nuit terrible
où dans cette demeure
l'âme forcenée des Barba s'est réveillée.
La douleur, comme une aile noire!
a passé sur Edénie.
Mon âme chancelle vers l'ombre.

(Il aperçoit ses filles et les appelle de la main. Toutes trois accourent.)

ELÉE.

Père, ô père,
Quels chagrins pèsent sur ton front?
Devons-nous aussi pleurer sur toi
Comme ce matin sur Sylvan?

BARBA.

Sylvan ! Que voulez-vous dire?

FLORIE.

Nous souffrons d'un mal
dont Sylvan est la cause.

ELÉE.

C'est en vain que nous l'appelâmes
pour chanter le cantique au soleil.

HYLETTE.

Il ne nous répondit pas

FLORIE.

Enfin nous l'avons surpris dans ce pré,
Accablé, la tête dans les poings.

ELÉE.

A notre vue il a pâli ;
il s'est mis à gémir

et à la fois il nous lançait
des regards furieux.

FLORIE.

Nous ne lui avions pourtant rien fait.

BARBA.

Sylvan les fuyait donc
comme il m'a fui moi-même !

(A ses filles, en riant.)

Vraiment, Sylvan
fut ce jeune homme sauvage?

ELÉE.

Notre père, c'est depuis que cet étranger...

BARBA, *la repoussant.*

Cet étranger !
Personne ici ne sait son nom,
personne ici n'en doit parler.

Il est celui qui passe
et ne revient pas.

Taisez-vous donc,
filles imprudentes et bavardes !

(Il continue à les regarder d'un œil courroucé.)

Où donc était Sylvan
pendant le temps que cet homme
demeura dans la maison?

FLORIE, *timidement.*

Notre père, nous étions dans la tour,
comment l'aurions-nous su?

HYLETTE.

Sylvan lui-même a fermé notre porte
Et puis...

BARBA.

Et puis?

ELÉE.

Il a disparu *(à ce moment on entend la trompe de Syl-*
Mais le voilà qui nous est rendu ! *[van).*
L'entendez-vous, mes sœurs,
souffler dans la corne rauque
son âme magnifique?
Peut-être, d'un cabrement hardi
il enlève le cheval Héraut jusqu'aux nues?

(Elle remonte en courant la scène du côté où la trompe de Sylvan s'est fait entendre.)

BARBA, *riant.*

Que médisiez-vous de ce jeune héros?
Allez, volez à la pointe des herbes
Et ne cessez d'appeler Sylvan
Qu'il ne vous ait répondu.

TOUTES TROIS.

Sylvan ! Sylvan ! Sylvan !

(Elles courent, semblent voler, se dispersent, reviennent, appelant toujours Sylvan.)

BARBA.

Malgré moi, le doute m'accable.
Se peut-il que longtemps vainqueur des destinées,
Mon œuvre un jour doive se briser
Contre les forces aveugles?
Comme une bête vomissant le sang et le feu,
Rupert rugissait jusqu'aux étoiles!
Le secret jailli des entrailles déchirées
de la nuit,
Sylvan l'entendit-il?

(Un silence. Puis levant les bras au ciel :)

Elée ! chère Elée !
Petite âme obscure et délicieuse
Dans ton ombre qui jusqu'ici
S'éclaira pour moi seul,
Viendra-t-il un jour où tu pourrais m'être ravie?
Elée ! Elée !

(Entre Sylvan. A la vue de son père, il se trouble. Barba l'apercevant, va joyeusement à lui.)

Sylvan !
Toi seul manquais à la grappe fraternelle.
Sans doute, par jeu,
tu fuyais tes sœurs
ardentes à te poursuivre.

SYLVAN.

Un triste jeu, mon père,
si ce fut là jouer !

BARBA.

Parle, ami, confie-toi à l'ami
pour lequel il ne peut être ici de secret.

SYLVAN.

Un secret, tu l'as dit, mon père.
Mais n'exige point...

BARBA.

Enfant, tu hésites
Un souci a pâli tes yeux.

Qu'il soit grave ou futile,
incline ton front vers ma bouche :
je saurai bien, en la baisant,
faciliter le chemin à l'aveu.

SYLVAN, *fièrement.*

Mon père, j'ai dompté l'étalon
et vaincu le taureau.
Si maintenant il faut mériter
par un autre exploit le don que tu me fis de la trompe,
commande... je suis prêt.
Mais ne m'oblige point à dire
ce qui ne doit être connu
que de moi seul.

BARBA.

Ne joue pas avec ma colère, fils téméraire.
Jamais je n'usai de violence;
mais regarde cette main ;
elle brisa ce qui lui résistait.
Parle, je le veux.

SYLVAN.

N'ai-je donc mérité d'être un homme
que pour me courber sous un pouvoir
qui me dispute à moi-même?
Si mon âme doit rester asservie,
souffre, ô père que je te rende un emblème
qui n'appartient qu'aux âmes libres.

(Il porte la main à la corne.)

BARBA.

Pour être un homme,
Dois-tu cesser d'être un fils?
En te taisant malgré moi, tu manques
au devoir sacré de l'obéissance.

SYLVAN.

Père, ô père,
Je suis toujours l'enfant soumis
qui s'incline sous ta loi.
Mon cœur est entre tes mains,
mais ma destinée est entre les miennes.

Permets, ah ! permets... je t'en supplie,
qu'en silence je souffre
de l'orgueil et de la tristesse
d'être devenu un homme.

BARBA.

O mon fils, je te traitais encore en enfant
quand déjà grondait en toi une âme virile.
Quel que soit le secret qui te rive les lèvres,
je t'en laisse le maître.
Garde-le fièrement
comme le signe de ta jeune force élue.
Il n'y a plus ici
qu'un homme en présence d'un autre homme.
Ainsi je le veux et l'entends.

(Il lui pose la main sur l'épaule.)

Un jour tu sauras quel songe audacieux
de vie et de beauté
je portai entre les tempes.
Alors seulement tu connaîtras
le mystère de cette île
et du même coup,

l'âme paternelle te sera révélée.
D'ici là, va librement :
je te livre à toi-même,
Mais fais la paix avec tes sœurs.
Cela, je puis l'exiger.

SYLVAN, *gémissant.*

Mes sœurs !

BARBA.

Ont-elles donc cessé de l'être?

LES TROIS SŒURS, *au loin.*

Sylvan ! Sylvan ! Sylvan !
Frère ! Ami Sylvan !

BARBA.

Écoute-les rire et gémir
Comme l'eau et le vent.

SYLVAN.

O mes sœurs !

(Elles rentrent. Florie et Hylette se précipitent vers Sylvan. Elée reste à l'écart.)

FLORIE.

O joie ! Sylvan nous fut ravi !
Sylvan nous est rendu !

HYLETTE.

Sylvan, pour te fêter,
Nous te guirlanderons d'épis mûrs.

ELÉE, *sombre.*

Et moi, je te déteste ! *(Elle fuit.)*

SYLVAN.

Arrête, Elée !

ELÉE.

Laisse-moi, toi, qui me préféras
mes sœurs blondes !

(Sylvan veut la suivre ; on entend au loin les cris joyeux des moissonneurs.)

BARBA.

Demeure, ô fils ! voici les moissonneurs.
Jusqu'aux horizons la campagne s'emplit de chars
Qui vers les granges ramènent
La glorieuse toison de l'été.

VOIX, *plus rapprochées.*

Aah ! Aah ! Aah !

(Apparaissent les moissonneurs, précédant un char comblé de gerbes et traîné par deux chevaux. Tout en haut, couronné d'épis, le chef des moissonneurs, à la barbe de patriarche. Il se laisse glisser jusqu'à terre. Un second char, aussi attelé de deux chevaux, arrive

son tour. Parmi les rires et les cris joyeux, une dizaine de moissonneuses en descendent, aidées par les moissonneurs. Elles inclinent vers Barba leurs fourches de bois, fleuries de bleuets et de coquelicots. Toute la scène s'emplit de bruit et de mouvement.)

BARBA, *étendant la main.*

Salut, moissonneurs qui sur vos travaux
Fermez le cycle vermeil.
C'est la coutume dans Edénie
Que la fin de la moisson
Soit célébrée commes les noces accomplies
De la genèse et des hommes.

LE CHEF DES MOISSONNEURS.

Maître, s'il t'agrée, nous danserons donc
Les danses que nos pères
Dansaient avant nous.

(Barba fait un signe et aussitôt quelques moisson-

neurs et moissonneuses s'avancent et dessinent le schéma d'une danse se rapportant au labour.)

UNE MOISSONNEUSE.

Je suis le soc brillant et glacé.
J'entre au cœur noir de la terre.
Du couchant au levant
Je trace ces lignes égales
Où le semeur lancera la graine.

CHŒUR.

Je pleure la mort des heures joyeuses :
Le divin été est couché au tombeau.

(Des moissonneurs et moissonneuses miment et dansent un schéma se rapportant à la semence.)

DEUXIÈME MOISSONNEUSE.

Je suis le grain de blé;
je dormais dans la nuit.
Soudain l'ombre a tressailli :
j'ai senti passer en moi
l'âme jeune du monde.

CHŒUR.

Rien ne meurt et tout recommence.
La vie éternellement refait des roses
Avec le cœur en poussière
Des roses expirées.
Dans l'or tremblant des champs,
deviens le bel épi toujours plus haut
qui nous donnera le pain,
Emblème immortel de la vie.

DANSES.

(Des servantes apportent des corbeilles de pain.)

CHŒUR.

O pain !
Chair et sang de la terre,
Je te porte comme une hostie
Entre mes mains réunies :
Pain, loi du monde,
Symbole d'éternité,
Je t'élève
Devant le visage éternel de Dieu !

TROISIÈME ACTE

La rivière coule vers la gauche au second plan. Des chênes et des bouleaux croissent sur ses rives, espacés.

La nuit approche : l'orage gronde.

SYLVAN ET ELÉE, *accourant*.

Elée, Elée !
Pourquoi me fuyais-tu,
toi qui, plus que les autres.
me fut toujours chère?

ELÉE.

Je t'assure, c'est en moi une chose
que je ne pourrais dire :
je t'aimais et te détestais à la fois.
D'ailleurs, ne me fuyais-tu pas toi-même, Sylvan?

SYLVAN.

Notre père nous enseigna
les dieux heureux.
Mais il est aussi un dieu triste,
car mon cœur connaît la souffrance.

ELÉE.

Souffrir, Sylvan, souffrir à deux,
Ce doit être encore délicieux.

SYLVAN.

Enfant, que dis-tu?

ELÉE.

Oh ! je ne suis pas l'Elée que tu crois.
Mes sœurs sont blondes
Comme la joie et comme la vie.
Moi, je suis noire comme la mort.

SYLVAN.

Pourquoi ces tristes pensées?

ELÉE.

Vois, je ne sais que te répondre;
Je suis pour moi-même une image voilée
Et qui marche dans son ombre.

(L'orage se rapproche. Eclairs.)

O Sylvan !

Aux éclairs qui déchirent le double abîme
du ciel et de la terre,
peut-être notre destinée
Va nous être révélée !

SYLVAN.

Mon âme comme la tienne,
Sous les cieux fracassés
Demeure en suspens et cependant,
Dieu rugissant du tonnerre,
Je ne te redoute pas !
Je crains bien plus la vie
Qui est en nous-mêmes.

ELÉE, *voulant entraîner Sylvan vers la rivière.*

O Sylvan !
Partir ensemble si loin
Qu'on ne reviendrait plus !
Viens !
L'eau est là profonde et noire
comme l'âme d'Elée.
La mort seule
Lie éternellement.

SYLVAN.

O vertige sublime !
Du bord de la vie
se pencher sur la chose inconnue
et connaître enfin
le secret des dieux obscurs !

ELÉE.

Comme un vol de cygnes sauvages
Nos cris s'effileront au ras des roseaux. Viens !

SYLVAN, *se reprenant.*

Chère Elée, cessons cet enfantillage.

ÉLÉE.

Viens, Sylvan.

SYLVAN.

Non, ma destinée est de vivre.

ELÉE, *cri déchirant.*

La mienne est de mourir... Adieu !...

(Elle se précipite vers la rivière.)

SYLVAN.

Elée...

(Au moment où elle va se jeter à l'eau, Sylvan la retient dans ses bras. Elle s'abandonne, évanouie.)

SYLVAN.

Elée... c'est moi, Sylvan !

ELÉE, *au bout d'un instant elle fait un mouvement. Avec un léger égarement.*

Sur ton cheval ardent
Nous irons rapides comme l'autan.
(Elle ouvre les yeux.)
Ah ! cher Sylvan, c'était toi !
Que ne me laissais-tu partir?
Je commençais seulement à vivre.

RUPERT, *d'une voix gémissante au loin.*

Elée !

SYLVAN.

Quelqu'un du fond des bois
a crié vers nous.
N'as-tu rien entendu?

RUPERT.

Elée !

ÉLÉE.

Ah ! c'est bien la même voix
qui si souvent a retenti dans l'île.

Encore une fois quelqu'un
m'appelle par mon nom.
Sylvan, serre-moi contre toi
de peur que je ne cède à ce qu'elle a d'impérieux.

SYLVAN.

Par ton nom, dis-tu?
O douleur plus grande
que toutes les douleurs !

RUPERT, *tendrement.*

Elée !

ELÉE.

Elée qui n'a plus peur !
Elée qui frémit d'attente et d'inconnu
Sous la caresse de cette voix légère
Comme le souffle du matin !

SYLVAN.

Ne dis pas cela.
Elle est horrible comme la tempête.
Ah ! pour mon malheur

Je ne la reconnais que trop bien.
Oh ! Fuyons ! Fuyons, Elée,
car qui peut douter que ce ne soit là
la fureur d'un être surhumain?

(Il l'entraîne jusqu'au fond de la scène, puis se ravisant, avec énergie et fierté.)

Non, Sylvan n'est pas un lâche !
Un homme est là qui souffre
d'une douleur mortelle.
Elée, rejoins tes sœurs
tandis que je vole vers lui !

ELÉE.

Permets plutôt que je reste
Si cette fois... c'est la mort.

SYLVAN.

Va ! fuis, te dis-je !

(Elée se dissimule derrière un arbre. Sylvan s'avance vers le fond et appelle.)

Homme ! ô homme !

RUPERT, *descendant de la colline qui domine la rivière et se dirigeant vers Sylvan.*

O toi, qui viens à mes gémissements,
quel est ton nom?

SYLVAN.

Je suis Sylvan, fils de Barba.

RUPERT, *avec violence.*

Sylvan !

(Soudain, l'attirant à lui, d'une voix radoucie.)

Sylvan ! presque mon sang !
O viens plus près, laisse ces mains
t'attirer jusqu'à mon cœur sauvage.
Plus près encore, Sylvan,
que je sente contre ma poitrine
le feu charmant de ta jeune vie.
Ma haine expire aux flammes
du brasier d'amour qui me consume.
Ces bras qui devaient t'étouffer
ne peuvent plus qu'étreindre éperdument

à travers toi, le souvenir délicieux
de cette Élée qui me fut ravie.

ELÉE, *cachée.*

Mon âme est tourmentée
d'angoisse et d'effroi.

SYLVAN.

A ton tour, me diras-tu ton nom?

RUPERT, *avec douleur.*

Mon nom est l'exilé !
Je n'en ai point d'autre
pour les gens de cette île !

SYLVAN.

Déjà j'entendis ta voix
dans nos demeures.

RUPERT.

Elle implora vainement
Un homme inexorable.

SYLVAN.

Tu es cet étranger
qui fit entrer le malheur
chez notre Père.

ELÉE, *douloureusement.*

L'étranger !

RUPERT.

Le malheur est partout
où je porte mes pas.
Une destinée affreuse
Me fit l'orphelin de mon enfant.
Comprends à ces seuls mots,
si tu le peux, ma douleur.

SYLVAN.

Hé ! comment le pourrais-je?
Tes paroles sont obscures
Comme ton âme et ton visage.

RUPERT.

Plutôt que je te les explique,
mieux vaudrait pour toi
n'avoir jamais entendu
la chanson de l'aube.
Mon visage a l'horreur
des monts foudroyés
et la clameur de mon âme
ferait taire le tonnerre !
Tu reculerais épouvanté.

SYLVAN, *fièrement.*

Je sonne de la corne !
Je suis un homme !

RUPERT.

Fol orgueil qui me défie,
orgueil en qui je reconnais
le sang d'un père exécré !
Va, je te hais, si tu lui ressembles.

SYLVAN.

Nous apprîmes à le révérer
comme un dieu.
Je saurai bien le faire respecter.

RUPERT.

Enfant que mes mains briseraient,
redoute tout de ma colère,
même la mort !

ELÉE *(elle fait un mouvement pour s'élancer)*.

La mort !

SYLVAN.

Je ne la crains pas.

RUPERT.

Vertige ! démence!
O toi, que j'aurais aimé comme un fils,
pardonne à mon désespoir.
O Sylvan,
un malheureux ici t'implore.
Que je sois à tes yeux

moins un objet d'horreur que de pitié.
J'avais une fille : elle me fut ravie.
Dis-moi où est Elée.

ELÉE, *toujours cachée.*

Sa fille !

SYLVAN.

Mensonge !
Le tonnerre, en grondant par-dessus ton front,
te convainc d'imposture.
Je te hais, toi, dont les fureurs
ont ravagé cette île heureuse.
Adieu !
Elée est à l'abri de tes atteintes.

(Il s'éloigne à pas rapides.)

RUPERT, *avec un cri désespéré, le rappelant.*

Sylvan !

SYLVAN.

Adieu ! Adieu ! *(Il fuit dans la nuit.)*

ELÉE, *invisible pour Rupert.*

L'âme obscure d'Elée
à d'inouïes clartés
maintenant s'illumine.
Je connais enfin
le secret de la destinée
que je portais en moi.

RUPERT.

O Elée ! Elée encore inconnue,
Mes bras se tendent vers toi
du fond de cette ombre
où même Sylvan m'abandonne !
O Elée, rose ardente,
O Elée, fruit adorable
pour la soif qui me consume...
entends ma voix !...

ÉLÉE.

Voici Elée !

(Elle va lentement à lui : il l'étreint d'un long embrassement.)

QUATRIÈME ACTE

La salle du premier acte.

Le porche est fermé.

Par la fenêtre à droite on voit l'île sous la neige.

Barba, assis devant l'âtre où tourbillonnent les flammes, songe. La table a été reculée vers la cheminée, à gauche.

Florie, en tournant le rouet, chante.

FLORIE.

File ! file, mon cœur, au rouet,
file mes jolis draps d'hiver.
Avec mes cheveux,
Avec les fils de neige,
File, file, mon cœur, au rouet,
File mes jolis draps de mort.

Dans l'hiver est parti mon ami.
Je reviendrai au beau temps du printemps :
n'est pas revenu, ô doux ami, ni le printemps.

File, file, mon cœur, au rouet,
File mes gentils draps d'avril.
Avec mes cheveux, avec un rayon d'avril,
File ! file, mon cœur, au rouet.
File mes gentils draps d'amour.

Mon ami était parti, mon cœur est revenu.
File, file, mon cœur, l'amour au rouet.

BARBA, *sortant de son rêve.*

C'est une vieille et triste chanson :
ta nourrice en berçait ton enfance.

FLORIE.

Une chanson est souvent triste
si l'on pense à quelqu'un.

BARBA.

Toute chose qui retentit dans l'écho
porte ici le nom de celle...

FLORIE.

L'île à jamais est restée triste
du départ d'Elée.

BARBA.

Pourquoi nous tourmenter d'un nom
qui n'est plus pour nous qu'un souvenir?
Assez, te dis-je : laisse-moi à mes pensées.

(Florie sort lentement par la porte de droite.)

BARBA.

Humanité ! Humanité !
Serait-ce la loi
que nul n'échappe à la douleur?
Et la vie toujours s'accomplirait-elle
selon d'inconjurables causes lointaines?
J'avais voué cette île
aux cultes heureux.
J'en avais fait un jardin
d'innocence et de joie.

Comme un chêne
au cœur sonore,
Je reverdissais d'un espoir infini
dans ma race enfin soustraite
aux furies.
Chimères ! folie !
La fatalité avec Rupert
est entrée dans Edénie.
Toi, chère et cruelle Elée,
quand je croyais avoir éludé
les maléfices redoutables du passé,
tu leur rendais un cœur
ivre de s'immoler
sous la loi d'un père parjure et barbare !

VOIX DES SŒURS, *dans la maison.*

Elée ! Elée ! Elée !

SYLVAN, *entrant et s'arrêtant au fond.*

Père, souffre que mon âme,
trop longtemps silencieuse,
s'humilie devant toi.

En différant l'aveu qui me brûlait les lèvres.
Je paraissais te mentir malgré moi.

BARBA, *d'un ton de tendre reproche.*

Parle.

SYLVAN.

Du temps a passé
Depuis le soir où pour notre malheur
un étranger pénétra dans la maison.
J'étais resté sur ces degrés *(montrant l'escalier de la*
J'enfreignis ainsi ta défense [*tour)*
et surpris du même coup le mystère
que les autres ignoraient.
Celle qui se mêlait à nos jeux,
sœur parmi mes sœurs,
un homme inconnu
lui donnait le nom de fille.

BARBA.

C'était donc là le secret
que tu me cachais?

SYLVAN.

Trois roses de vie
croissaient dans le jardin charmant
de la famille.
Leur tendresse était pour moi
un même bouquet riant et frais
comme le matin descendu
sur trois bouches
dont le rire était pareil.
Hélas ! Je les croyais toutes trois mes sœurs encore
quand une déjà ne l'était plus ;
Et je ne savais laquelle.
Ce n'est que plus tard,
en un soir d'orage,
au feu des éclairs,
un Barba comme toi,
en me serrant dans ses bras,
me révéla sa peine
et la vérité.
Ses cris, par toute l'île,
appelaient Elée !

Elle les écouta trop bien,
puisque jamais, depuis,
elle n'est revenue.

BARBA.

Tu sais maintenant
Qu'un autre que moi, au nom de la nature,
la contraignit à le suivre.

SYLVAN.

Mon père, je saurai bien
te la ramener.
Permets seulement qu'à mon tour
je suive ma destinée.
Je parcourrai le monde,
je visiterai les hommes;
où qu'elle souffre et gémit,
J'irai délivrer Elée !

BARBA.

Elle n'existe plus pour moi.
N'attends donc rien
d'un cœur que son ingratitude
a détaché.
Cependant si tel est ton vouloir...

(Entre Eumée.)

EUMÉE.

Maître, un vieillard est là devant les seuils,
il demande qu'on le mène vers toi.

(Barba fait un signe de la main : un homme entre et rabat la capuche qui lui couvre la tête : il s'avance vers Barba. Sylvan lentement est sorti par la porte latérale.)

BARBA, *après l'avoir dévisagé.*

Sois le bienvenu, toi
de qui je crois reconnaître les traits.

L'ANNONCIATEUR.

O maître révéré,
Quand j'entrai pour la première fois dans cette île,
tout était frais et riant
comme aux matins
de la jeunesse du monde.
Une lumière divine
baignait les travaux de la moisson.
Et voici que j'apporte l'hiver :
un vent sauvage secouait un ciel livide
chargé de grêle et de neige.

BARBA.

En un couchant des âges
s'endort l'île qui fut heureuse.
Une ombre couvre les routes
par lesquelles sont partis
ceux qui ne doivent plus revenir.

L'ANNONCIATEUR.

La route des départs
est aussi celle des retours.
Edénie ne peut mourir.

BARBA.

Qu'en sais-tu, toi qui oses ainsi
défier les destins?
J'avais trois filles :
une est partie et avec elle
la grâce d'Edénie.

L'ANNONCIATEUR.

J'ai vu Elée.

BARBA, *violent.*

Elée est morte...

(Après un silence.)

Tu as vu Elée?

L'ANNONCIATEUR.

Dans la solitude farouche des monts,
il est un lieu longtemps réputé maudit.
Ton frère y régnait en roi barbare et redouté.

Mais une vierge un jour apparut,
descendue du ciel plutôt que venue de la terre,
Elle fut la colombe devant qui
Jusqu'au morne orgueil de l'aigle
S'humilie, apaisé.
Du caillou brut une enfant sut tirer
l'étincelle divine.
L'âme sauvage qui ruait indomptée vers le ciel,
elle la plia sous ses mains filiales.
Ainsi Elée
délivra des antiques fatalités
les esprits enchaînés de ce Rupert
que tu renies pour d'anciennes fautes expiées.

BARBA, *méprisant.*

Quel est ce conte?

L'ANNONCIATEUR.

La pitié a fait ce que n'avaient fait ni la colère ni la haine.
Ainsi le veut la loi nouvelle.

Un dieu supérieur à tous les dieux
l'enseigna aux hommes ;
elle fut cause du sacrifice d'Elée.

BARBA.

Elée n'a pas eu pitié
des cœurs qu'elle délaissa.

L'ANNONCIATEUR.

A travers le devoir obéi
Elée est restée inconsolée.
Son éternel regret avec toi et les tiens
habite dans cette île.
Fais le geste qui, à tous deux,
leur rouvre Edénie,
et tu la verras sangloter de bonheur
à tes pieds.

BARBA.

Jamais ! il t'a suffi d'évoquer
l'image funeste de Rupert
pour que même Elée en devienne
odieuse à mes yeux. Va.

(L'Annonciateur fait un pas vers Barba, le regarde fixement, puis se dirige d'un pas lent vers la porte latérale.)

BARBA.

Non, demeure, je le veux.

(Il fixe longuement les yeux sur les siens.)

Ce sont là les yeux
qui virent Elée ;
ce sont là les prunelles où s'imprima
la forme charmante de celle
qui pour moi reste l'inoubliée.

(Un long silence, puis, comme se parlant en rêve.)

La pitié, disais-tu,
Le pardon peut-être aussi...

L'Annonciateur.

Considère qu'Edénie
restera un temple dévasté
si tu n'y mets pour fronton
le signe des dieux réconciliés.

Barba, *appelant.*

Eumée !

(Entre Eumée.)

Appelle le jeune Maître,
appelle aussi mes filles.

(Rentrent Sylvan et ses sœurs.)

Sylvan.

Me voici, père.

Florie et Hylette.

Père, que nous veux-tu?

BARBA.

Mes filles, le moment est venu
de vous révéler le mystère de cette île :
Je ne l'ai que trop différé.
Celle que vous appeliez votre sœur
ne sortit point de mon sang,
bien qu'elle me fût chère
autant que mon sang même.
Elée sortit de la misère des races.
Elle me fut donnée par la douleur.
C'est pourquoi j'assumai envers elle
le devoir paternel.

FLORIE, *angoissée.*

Père, Elée est morte?

BARBA.

Non, elle accomplit sa destinée
auprès d'un père malheureux
et qui pour vous jusqu'ici
resta l'étranger.

En l'exilant de cette île,
je fus cruel, moi qui croyais n'être
que juste.
Ma sagesse infime fut dépassée
par le simple cœur d'une enfant.
Elée seule écouta la voix immortelle
Sans laquelle, ah, je le sens tardivement,
Périrait l'humanité.

(Long silence : Barba reprend ensuite :)

Ma journée s'achève, l'ombre devant moi
s'allonge :
je vois mieux à présent les choses.
Eh bien, va, Sylvan, rachète ma vieille erreur
En lui apportant le pacifique rameau
Secrètement mouillé de mes pleurs;
et ramène-les parmi nous.
Mais tous les secrets ne sont pas dits encore.
N'en est-il pas un, ô Sylvan, que tu portes en toi
Comme l'essence vive du jardin de ta vie?
Tu cessas d'aimer Elée
d'un amour fraternel
le jour où, sans cause,

tu la fuis en pleurant.
Qu'Elée soit désormais ton âme nouvelle :
d'elle et de toi sortiront les races
qui après moi continueront
l'œuvre de vie.
Grâce à vous l'île qui connut
les matins du monde
Va s'accomplir dans l'amour et
le pardon.

HYLETTE.

O joie, Elée va donc nous revenir !

FLORIE.

Tous les oiseaux de nouveau
chanteront dans l'île !

HYLETTE.

Je fleurirai de roses et de lys
les chemins par lesquels
tu nous la ramèneras, Sylvan !

FLORIE.

C'est moi, si tu le veux,
qui te passerai au poing
la bride du cheval Héraut.

SYLVAN.

Par la plaine et les monts,
comme au temps où ensemble
avec Elée
nous fendions l'espace,
j'irai par le vaste monde.

BARBA.

Héros ingénu, obéis enfin
à ce cœur qui brûlait
de s'élancer.
Mais avant tout, Sylvan,
ô fils, ô mes chères pensées vivantes,
que je contemple une dernière fois,

à travers la grâce de ces traits,
ta jeune âme magnifique.

SYLVAN.

Père, ô père, souffre que je passe les mains
aux belles soies d'argent
de ta barbe
comme y jouèrent mes caresses d'enfant.

(Il se prosterne devant son père, lui prend les mains, les porte à sa bouche et puis l'embrasse sur le front.)

BARBA.

Voici la suprême épreuve :
tes pleurs ont coulé...
J'ai senti sous ta bouche
se fermer ma paupière
comme si l'heure était venue déjà
où s'accomplissent les devoirs sacrés.

(Après un temps où ils se tiennent embrassés.)

Maintenant relève-toi
Et sans défaillance va,
jeune roi de cette île
par qui l'humanité
dans les siècles grandira.

(Il se lève avec solennité et étend les mains. Sylvan commence de reculer vers la porte, fléchi sous le grand geste paternel.)

L'ANNONCIATEUR.

O Maître, tes mains
jusqu'au bout semèrent l'humanité,
et voilà qu'elles planent, très grandes, ouvertes
à la promesse des moissons futures.

(Sylvan est arrivé au milieu de la scène, ayant à ses côtés Florie et Hylette, dont les têtes se posent sur son épaule. Florie en ce moment se détache de son frère et va prendre la trompe, pendue au manteau de la cheminée. Elle revient ensuite remettre à Sylvan l'emblème héroïque.)

FLORIE.

Sylvan, ne nous délaisse pas trop longtemps.

SYLVAN.

Mes sœurs, ne pleurez plus
et prenez confiance.
Bientôt la corne rauque,
sur l'autre rive,
vous annoncera notre retour.

FLORIE ET HYLETTE.

Espoir qui déjà nous réconforte !

SYLVAN.

O espoir qui me transfigure,
là-bas Elée m'attend !

(Le porche s'est rouvert : une clarté de soleil illumine le paysage blanc; tous les serviteurs se sont rassemblés sur le seuil et saluent de la main Sylvan. Un des ser-

viteurs tient par la bride le cheval Héraut. Sylvan, après un dernier geste où il semble indiquer à Barba l'avenir, embouche une fois encore la trompe, tandis que Hylette fait un pas du côté du cheval et lui prenant la bride, l'amène à Sylvan.)

FIN

www.ingramcontent.com/pod-product-compliance
Ingram Content Group UK Ltd.
Pitfield, Milton Keynes, MK11 3LW, UK
UKHW021554260726
13993UKWH00002B/822